अवास्तविक

राष पबड़ी

Copyright © Raash Pabri
All Rights Reserved.

ISBN 978-1-63940-125-3

This book has been published with all efforts taken to make the material error-free after the consent of the author. However, the author and the publisher do not assume and hereby disclaim any liability to any party for any loss, damage, or disruption caused by errors or omissions, whether such errors or omissions result from negligence, accident, or any other cause.

While every effort has been made to avoid any mistake or omission, this publication is being sold on the condition and understanding that neither the author nor the publishers or printers would be liable in any manner to any person by reason of any mistake or omission in this publication or for any action taken or omitted to be taken or advice rendered or accepted on the basis of this work. For any defect in printing or binding the publishers will be liable only to replace the defective copy by another copy of this work then available.

सुरता राम पबड़ी

क्रम-सूची

प्रस्तावना vii

भूमिका ix

आमुख xi

मंजिल "मौत" हैं, सफर के मज़े लो...

1. जनवरी 3

बात बस नज़रिए की हैं... काफी अकेला हूँ, या ... अकेला काफी हूँ!!

2. फरवरी 13

कौन हैं जिसमें कमी नहीं होती, आसमान के पास भी तों ज़मीन नहीं होती!

3. मार्च 17

सब ठीक?

4. अप्रैल 25

बहुत खास हो तुम.... जिक्र हर बार जरूरी नहीं।

5. मई 33

यहां अपनी कहानी लिखना शुरू करें... 39

राष पबड़ी 41

• v •

प्रस्तावना

मेरी डायरी के कुछ बिखरे पन्ने

भूमिका

कहानी एक ऐसे व्यक्ति पर केंद्रित है जो अपने ही जीवन की कहानी एक डायरी में लिखता है, आज उसके साथ क्या-क्या हुआ। उसके मन में क्या क्या विचार चल रहे हैं और उसके साथ कौन कौन सी घटनाएं घटित हो रही हैं, यह कहानी दिनांक 1 जनवरी 2021 से 20 मई 2021 तक के बीच की है।

आमुख

बस यूं ही...

मंजिल "मौत" हैं, सफर के मज़े लो...

1

जनवरी

01 जनवरी

घर

[बाहर हल्की धूप खिली है, मैं चिकेन और चावल खाकर कम्बल के भीतर सोया लिख रहा हूँ]

2021 के आगमन और 2020 कि विदाई पर किये गए तबडतोड़ पार्टी के बाद आज मस्तिष्क हैंग ओवर में जी रहा है । दो हज़ार 20 की बात क्या बताऊँ सबको कहीं न कहीं किसी न किसी प्रकार से यह साल दुःख पहुंचाया ही खैर मेरी तो यह साल कैसे गुजर गई पता नही । जिंदगी में बस दो चार ही काम रहा था । खाना, सोना और वेब सीरीज देखना इसके अलावा कुछ निजी काम जैसे नहाना इत्यादि । आज करीब दो महीने बाद कुछ लंबा और दिन की बात लिखने की इच्छा हुई। क्योंकि साल के जाने के बाद थोड़ी दुख तो होती ही है, लेकिन नया साल हर दर्द को भुला देता है । कहते हैं साल बदला है हालात वही रहता है। लेकिन कहीं न कहीं मुझे ऐसा लगता है, नया साल आत्मविश्वास बढ़ाती है, कुछ रुके कार्यो को करने की ऊर्जा देती है, कहीं न कहीं हमारा आलसी मन जान चुका होता है कि अब सब कुछ भूलकर अपनी जिंदगी और कार्यों पर ध्यान दूंगा । और फिर गाड़ी चल पड़ती है । पिछले साल की ज्यादा कुछ यादें नही है । बस पिछले आठ महीने से घर मे हूँ, जितनी भी यादें हैं घरवालों के साथ के हैं । ख़ैर इन सभी पलो को कैमरे में कैद तो नही कर सकता

था लेकिन आत्मा को पता है, यह साल परिवार के साथ बिताने में एक अलग सुख एवम शांति की अनुभूति करवाया। नया साल घुस चुका है। मेरी एंग्जायटी और आलसीपन को छू मंत्र होने का टाइम आ गया है। इन गंदी नकरत्मकता भरी ख्यालों को मैं आज उठा फेंक दूंगा।

अभी इसे लिखने के बाद, कुछ देर आराम करूँगा और फिर कुर्सी पर बैठूंगा। मुझे पता है पढ़ाई करीब चार महीने से बन्द है, आदत लगभग छूट चुकी है, लेकिन जीतू भैया की एक बात याद है कि अगर पढ़ने का मन नही तो खाली हाथ कुर्सी पर टेबल के सामने सिर्फ बैठो, एक घण्टे, दो घण्टे चार घण्टे बैठो और रोज़ बैठो। एक दिन ऐसा होगा कि तुम स्वयं पुस्तक उठा कर पढ़ोगे। समय हो चला है, जिंदगी को बांध रहा हूँ। हर प्रकार के नशे से इस वर्ष दूर रहने की कोशिश रहेगी। आज से प्रण लिया हूँ और मजबूर दृढनिश्चय रही तो मैं इस प्रण को भी पूरा कर लूंगा। मेरी यह डायरी रोज़ किसी वक्त लिखी ही जयगी। सुबह सुबह ठंढ के कारण दौड़ने भी नही जा रहा। योग हो नही पाता और ध्यान क्रिया करने का मन नही करता। जिंदगी को इस वर्ष हंसते हुए बिताना चाहता हूं हर हाल में। हाँ, पता है बहुत दुःख है। दिल का दुःख है, शरीर में कुछ बीमारी है और दादाजी को कैंसर है, ममी की तबियत ठीक नहीं रहती। फिर भी मुस्कुराना है।

शाम:

हां पता है, यह शाम का वक्त है पढ़ने का, पर मैं क्या कर रहा हूं। मैं भाग रहा हूँ इस से। देखो यहां पर मुझे स्वयं को रोकना होगा, आज मेहनत यदि करूँगा तभी कल सवेरा आएगा। दुःख-दुःख करने से दुःख चला नही जायेगा।

चलो, कुर्सी पर बैठो और कुछ मत पढ़ो केवल दो घण्टे बैठो।

रात्रि:

चार महीने बाद अपने अध्ययन टेबल पर दो घण्टे कुर्सी पर बैठ कर समय व्यतीत किया। यदि पढ़ाई में कंसिस्टेंसी नही रहती तो बहुत ज्यादा फायदा नही हो पाता। आज शुरू किया हूँ पढ़ाई, आज ज्यादा गेन तो नही किया हूँ लेकिन "रिच डैड पुअर डैड" के कुछ पन्ने जरूर पढा हूँ।

3 जनवरी, दोपहर:

अवास्तविक

रविवार को घर पर बिल्कुल भी मन नही लगता । कहीं न कहीं बेवजह अकेले या किसी मित्र के साथ कहीं निकल जाने का मन करता है । प्लान तो बन चुका है कहीं रोड ट्रिप पर निकलने का । लेकिन मैं नही जा रहा क्योंकि मुझे गाँव जाकर ताऊ जी का दवाई पहुंचाना है। यह महत्वपूर्ण है ।

शाम:

ये डायरी लिखना न इस साल मेरे लिए बहुत शानदार रहने वाला है । मैं दिनचर्या में कुछ वक्त निकाल कर कुछ ऐसे चीजों को लिख लेता हूँ जो मैं कभी किसी को कह नही सकता । लेकिन मैं यहां लिखकर अपनी मस्तिष्क की असीम बोझ को हल्का कर लेता हूँ ।

मेरे साथ हमेशा रहना भोले!

रात्रि:

ठंढी हवा में बाइक चलाने के बाद सर में थोड़ी दर्द है । आँख बंद करूँ तो नींद आ जाये पर इसी संकोच में हूँ कि सर पर बाम रगड़ू या सरदर्द की दवा लेलूँ क्योंकि कुछ देर बाद नींद की दवाई भी खानी है । इसी दुविधा में ये रात गुजर जानी है या उसकी यादों में खो जाना है।

4 जनवरी, सुबह:

रात्रि में देर रात सोने के बाद सुबह नींद का देर से खुलना लाज़मी है। सुबह का हर प्लान मिस हो जाता है, और सोचते हैं कि अब कल से सबकुछ समय से होगा । सुख नींद लेने से क्या होगा, वक्त निकलता ही जयेगा। नाक और मुँह को जोर से 30 सेकंड तक बंद करो और चमत्कार देखो ।

5 जनवरी, शाम:

कुछ अजीब सी ही शाम रही आज ! न ठौर, न ठिकाना बस बेख्याली में आँसू बहाना । सिगरेटों की कस और चाय की गर्माहट ने थकान को कुछ हद तक कम किया । फिर भी ये महरूम दिल आज तकलीफ़ों से कराहता रहा । और है ही क्या जिंदगी? तकलीफों का पिटारा ! बस..!!

गाँव

6 जनवरी, दोपहर:

हल्की धूप, ठंडी हवा और बाइक सवारी । परेशान सी जिंदगी और रास्ते में चाय की चुस्की । जब खुद दर्द से भरें तो उबरने के लिए कुछ न कुछ उपाय कर लेते हैं लेकिन जब आपका कोई अपना जिसके पास जिंदगी के कुछ ही लम्हा बचा हो वो तकलीफ़ में हो तब हम क्या कर सकते हैं?

7 जनवरी, सुबह:

अभी जब नींद खुली तब एहसास हुआ कि आज प्रार्थना करके बेड से उठूँगा। आज सब कुछ सकारात्मक होगा, मैं आज आलसपन तनिक भी नही करूँगा, जो चीजें अधूरी या छूट गयी है उसे पूरा करूँगा । माना चीजें ठीक नही हो सकती लेकिन कोशिश तो पूरी करूँगा। आपका आशीर्वाद साथ है माँ ।

8 जनवरी, शाम:

क्या लिखूँ..! वैसा कुछ नही जो व्यक्त करूँ, वैसा कोई भाव नही जिसे उतार सकूँ । इतना समझ लो कि जिंदगी में ठहराव है फिर भी जिंदगी स्थिर नहीं । कुछ अजीब सा लग रहा है। सब कुछ ठीक जैसा दिखता है पर कुछ ठीक नही है । मुझसे और मेरे अतः मन मे द्वंद बढ़ चुका है ।

10 जनवरी, रात्रि:

दिन भर उस अनजान सी लड़की के बारे में सोच रहा था जो अब बिल्कुल भी अनजान नहीं रही। वह अब बहुत अच्छी दोस्त बन चुकी। हाँ, हमारी जिंदगी, उम्र, तजुर्बा सब कुछ अलग हैं लेकिन हमारी जिंदगी की स्थिति एक ही जगह पर घूमती है, इसी वजह से हम साथ साथ हैं ।

12 जनवरी, सुबह:

आज युवा दिवस है और मैं आज फिर से एक नाकामयाब कोशिश करूँगा की हर तरह के नशे से मुक्त हो जाऊं । सिगरेट शुरू करने से पहले सोचा नही था कि इसकी लत इतनी भयंकर होगी । मैंने जिम जॉइन कर ली है ताकि सिगरेट, शराब के नशे से दूर रहूँ। देखता हूँ कितनी इच्छाशक्ति है मुझमें।

14 जनवरी, सूर्यास्त:

छत के सबसे आखिरी तल्ले पर सूर्य की ओर चेहरा करके उसकी यादों में बैठ जगजीत सिंह की 'न चिट्ठी न कोई संदेश' गाने को सुन रहा

हूँ।

उसके जन्मदिन पर मुझे आज खुश होना चाहिए पर न जाने क्यूँ डूबते हुए सूरज को देख उसकी यादें मेरे आँखों को नम कर रही।

15 जनवरी, रात्रि:

तुम पर लिखी कहानियों में मैंने कभी तुम्हारा नाम का जिक्र नही किया है, मैं डरता हूँ कहीं तुमने पढ़ लिया तो; मैंने जो तुम्हारे सामने मजबूत होने का दिखावा किया था वो पल भर में धराशायी हो जाएगा.. और हाँ सुनो, आज भी मेरे जर्जर दिल की नींव हो तुम..!!

16 जनवरी, दोपहर:

कहने को दोपहर है पर ठंडी इतनी है कि मैं कम्बल से बाहर कदम रखने से डर रहा। आज बाजार के कई काम है, पर मैं आलस्य से भरा बस टाल रहा हूँ। मस्तिष्क में जैसे ही कोई आईडिया आये उस पर पाँच सेंकड के अंदर कार्य शुरू कर देना चाहिए वरना मस्तिष्क उसे तुरंत मिटा देती है...

17 जनवरी, रविवार:

आज सोचा था। कैफ़े जाऊंगा और कोई नई फ्लेवर वाली हुक्का पिऊँगा। उसके बाद मटन बिरयानी खा कर 2 – 4 सिगरेट्स पिऊँगा। लेकिन सुबह दूध और ओट्स खाने के बाद पेट मे गैस बना रखा है, सीने में दर्द है और आज रविवार के चलते सभी फिजिशियन छुटियों पर हैं।

18 जनवरी, सोमवार:

बैठा बैठा सोच रहा हूँ किसी पुस्तक की अध्धयन की जाए। बुक सेल कई पुस्तकों से भरी पड़ी है। पर जब भी कोई पुस्तक उठाने जाऊँ तो वे मुझे घूरती है। मैंने करीब छह महीनों से पढ़ाई छोड़ रखी है। आज किसी प्रकार अपनी शीतल हाथों से कोई पुस्तक उठाकर पढूंगा अवश्य।

20 जनवरी, मध्य रात्रि:

0.75mg अल्प्राजोलम खाने के बाद, इतना तो यक़ी हो जाता है कि नींद आ ही जायगी। पल में जीने का यही फायदा होता है कि हम भविष्य को लेकर ज्यादा चिंतित नही होते। तो बस किसी तरह ये काली रात सुकून से बीत जाए। फिर कल का कल देखा जाएगा।

मुझे सिगरेट चाहिए, पर मैंने तो पीना ही छोड़ दिया है। जब सब सो रहे हैं तो मैं रात के इस पहर जाग कर अपने मस्तिष्क के बेफालतू, उलझी एवमं बक़वास बात के धागों में उलझ रहा हूँ। ऐसी अवास्तविक बातों से ध्यान हटाने के लिए ही तो नशा का प्रयोग करता था। लेकिन अब मैं क्या करूँ? ईश्वर...!

सब कुछ छोड़ कर कहीं जाना चाहता हूं! जहाँ केवल हवा, पानी, पेड़-पौधे, सूरज और कुछ खाद्य सामग्री हो और प्रकृति अपनी जलवे बिखेरती हो। इस जहाँ से दूर ऐसा स्थान जो आज तक खोजा न जा सका हो, मैं वहां जाना चाहता हूं। जहाँ लोग न पहुँच सकें और जब मैं शरीर से लाचार हो जाऊं तो खुदकुशी कर लूं।

मस्तिष्क और हृदय के बीच द्वंद्व अत्यधिक बढ़ चुके हैं।जीवन स्वचलित हो चुकी है और इस पर से मेरा नियंत्रण समाप्त हो रहा है। मैं नाकारत्मक सोच और ओवरथींकिंग के दलदल में बेहद नीचे तक फँस चुका हूँ। मुझे कुछ दिनों के लिये ब्रेक लेना है।

25 जनवरी, रात्रि:

सैंकड़ो उलझने एवम हर पल बदलती चेतना की मुरादें मुझे यकीनन चौकाती है कि ये मैं हूँ , हकीकत तो यह है कि मैं अपने ही भीतर अपने कई रूपों को देख चुका हूं और जो वास्तव में मैं हूँ उसे भूल चुका हूं, इसे समझना मुश्किल है लेकिन मेरी मनोवस्था सामान्य नही है हालांकि मैं दिखता बेहद सामान्य हूँ।

26 जनवरी, दोपहर:

यदि आप मुझसे एकाद दो वर्ष पूर्व मिलते तो मैं एक अपरिपक्व, शैतान, घुमक्कड़, एवंम अल्हड़ टाइप का लड़का था जिसे केवल खाने, कपड़े और प्रेयसी के साथ पल बिताने से मतलब था, मेरी जिंदगी उसके ही इर्द गिर्द घूमती थी, उससे जुदाई के बाद मैंने जाना कि जिंदगी क्या होती है? और अभी भी जान रहा हूं!

सुना है बनारस की हवाओं में इश्क़ बहता है। वहाँ अलग ही एक सुकून है। जिंदगी के बिताए दो पल भी जिंदगी पल के लिए अमर हो जाते हैं।

27 जनवरी, सर्द ऋतु:

अब प्रेम पर लिखना उतना सुकून नहीं देता जितना देर रात जाग कर UPSC की तैयारी करने से मिलता है..!!

ठंड चरम पर है मेरे यहाँ, तुम्हारे यहाँ कैसी ठंड है? बताना जरूर। आज तुमसे बात करने की बड़ी इच्छा कर रही है। मेरे पास तुम्हारा नम्बर भी है पर मेरे पास अधिकार नही है तुम्हे कॉल करने की। ऐसा नही है कि हिम्मत नही है कॉल करने की, पर मेरी आत्मम्मान की बात है।

28 जनवरी, हल्की धूप:

घर का कितना भी काम कर दूँ, पर मम्मी रिश्तेदारों के सामने यह कहते नही चूकती कि मेरा बेटा एक नम्बर का निक्कमा है। घर का एक काम नही करता और न तो पढ़ने में मन लगाता है। दिन भर फ़ोन में चिपका रहता और फिर किसी निक्कमे दोस्त का कॉल आये तो दौड़ा जाता है।

29 जनवरी, शुक्रवार:

मैं अकेले रस्ते पर बढ़े जा रहा हूँ। शाम ढ़लने को है और सभी पक्षी अपनी नीड़ की ओर कर उड़े जा रहे हैं, कुछ मजदूर अपनी दिहाड़ी को गिनकर खुश हैं। कुछ बच्चे जो खेल में मग्न हैं और कुछ गाँव की लड़कियाँ पढ़कर लौट रही है, पर मुझे ही नही मालूम मैं कहाँ जा रहा हूँ।

30 जनवरी, शनिवार:

आज दिन नाप तोल कर बेहतरीन गुजरा। पर शाम होते ही न जाने दुःखों का अंबार मेरे ही सिर क्यूँ आना होता है। कभी-कभी तो सोचता हूँ कि मैं सन्यास जीवन को ग्रहण कर लूं। इस दुःख सुख की मोह को त्याग देना चाहता हूँ। लड़ना नही चाहता हूं अब । बस हो गया महादेव..!!

बात बस नज़रिए की हैं... काफी अकेला हूँ, या ... अकेला काफी हूँ!!

2
फरवरी

01 फरवरी, मध्य रात्रि:

अध्ययन करते करते आँखों में नींद की किरण फूटने लगे तो मस्तिष्क को सोने का एक बहाना मिल जाता है, अभी पढ़ते पढ़ते मुझे नींद लग रही थी तो सोचा सो जाता हूँ, परन्तु जब देखा कि फरवरी में प्रवेश कर चुका, तो मैं आत्म मूल्यांकन करने लगा। पर मैं इस पर खरा नही उतरा |

14 फरवरी
तुम्हारे बारे लिखू या कलम रख दूँ...
कितना गुस्सा करती हो चुप रहू या बक दूँ
तुम्हे मनाने के ज्यादा तरीके तो नही पता....
पर सोचा है तुम्हारे सूखे गालो पर गीले होंठ रख दूँ

15 फरवरी 2021, सोमवार:

डियर डायरी,

आज कल तुम्हे लिखने को वक्त नहीं मिल रहा या यूँ कहो खुद को बेहतर बनाने के लिए मैं जो कार्य कर रहा हूँ उसमे तुम्हें लिखने का समय ही नही मिलता। मैं अनमोल वक्त के मध्य से गुजर रहा हूँ जहां से पीछे मुड़ना असम्भव है और आगे बढ़ना ही आखिरी विकल्प है।

20 फरवरी 2021...
00.45

कमरे में बैठे बैठे सोच रहा हूँ कि कुछ लोग जिंदगी को बिगाड़ने के बजाय कभी-कभी अच्छी एहसास एवमं ऐसी सकारात्मक ऊर्जा दे जाते हैं जिनके बारे में हम कभी सोचते भी नही है। सुनो... रात काली है पर शानदार है और नींद में आजकल सुकून है और क्या चाहिए मुझे?

20 फरवरी 2021

4.28..

खुद के साथ कई दिनों से युद्ध लड़ रहा था, यकीनन युद्ध समाप्ति के कगार पर है।युद्ध मे बिखरी चीजों को समेटने में थोड़े वक्त लगेंगे लेकिन मैं सभी तहस नहस हुए चीजों को पुनः उचित स्थान पर रखकर ही आऊंगा। कुछ चीजें जो स्थायी खत्म हो चुके उसे जला दूँगा।

मैं लौटूंगा.

27 फरवरी 2021...

शाम..

इस साल का यह महीना भी आखिर बीतने को है...कुछ भी स्पष्ट नही हो पा रहा.. जीवन वहीं चौराहे पर खड़ी है...और मै केवल वहां से तेज जाती लोगो की जिंदगियाँ को निहार रहा हूँ.. वास्तव में मैं स्थिर होना चाहता हूँ... पर यह जीवन स्थिर लोगों को ज्यादा मोहलत नही देती..

28 फरवरी

दुनियां में सबसे कठिन काम है - खुद को समझ पाना। जब खुद के साथ बैठता हूँ अकेले सब यादों को छोड़ जब खुद के बारे में सोचता हूँ तो डूबता जाता हूँ एक अजीब सी गहराई में। अथाह समंदर में जैसे कोई मोती तलाश कर रहा हो ठीक उसी तरह मैं खुद को ढूंढता हूं। जाने कितनी रातें दी है मैंने खुद को पर फिर भी खुद के बारे में शून्य ही जान पाया।तुम तो कहती हो समझती हो मुझे , फिर क्यों नहीं समझाती मुझको की मैं क्या हूँ। क्या इस जीवन में मैं यह कर पाऊंगा? यदि हाँ तो कब और यदि नहीं तो क्यों? इतना मुश्किल क्यों होता है खुद को समझ पाना! आखिर क्यों?

कौन हैं जिसमें कमी नहीं होती,
आसमान के पास भी तों ज़मीन नहीं होती!

3

मार्च

09 मार्च 2021

दोपहर...

आज देर सुबह उठा करीब ग्यारह बजे..वजह देर रात जागना है..कुछ भी करने का मन नहीं करता..मैं सुबह जल्दी उठना चाहता हूं। “आई वांट टू बी अर्ली मॉर्निंग गाय” लेकिन रात की ओवरथिनकिंग मुझे जल्दी सोने नहीं देती..दिन गुजर जाता है जाग कर, पर रात नही कटती सो कर..

10 मार्च 2021

कभी-कभी मुझे लगता है कि जिस सफलता की तलाश में मैं अपने घर कोसो दूर आया हूँ वो मैं एक न एक दिन अवश्य ही प्राप्त कर लूंगा। हाँ.. कुछ लोग है हमारे आस पास जिन्हें लगता है कि मैं भविष्य मे कुछ भी नही कर पाऊंगा। ख़ैर..... सभी भाइयों को जय श्री राम।।

14 मार्च 2021

मैं अगर आपको अपने बारे में बताऊं तो मैं सिर्फ यही बता पाऊंगा की मैं एक सनकी इंसान हूँ।, मुझे हर छोटी से छोटी बात पे काफी जल्द ही क्रोधित हो जाता हूँ परन्तु मज़े की बात ये है कि जितनी जल्दी मैं क्रोधित होता हूँ उससे कई गुना तीव्र से मैं सामान्य अवस्था मे भी हो जाता हूं।

वैसे तो मैं कभी भी दिखाबे की जिंदगी नही जीता परंतु कभी कभार कोई बुद्धजीवी दिखावा करता है तो सामने वाले के बाप बनाने में मैं

ज़रा भी देर नही करता। वैसे तो अब तक मैं अपने जीवन मे वैसा कुछ भी हासिल नही किया जो आपको बता सकूँ परन्तु मुझे खुद पे विश्वास है कि मैं एक दिन सफल जरूर होऊँगा।।

17 मार्च 2021

गाँव...

गाँव मे सच मे सुकून है...कई महिनों बाद गाँव आया हूँ। यहाँ किसी प्रकार के तनाव व अवसाद नहीं रहता... न भागने का होड़ न पीछे रहने का भय.. सब कुछ मंगलमय है.. दिन भर मंदिर और बगीचे में बिताने के बाद शाम में दूर नदी का सैर.. आह अनोखा होता है। सच मे गाँव जन्नत है...!!

18 मार्च 2021

स्कूल के दिनों में मेरा एक दोस्त था जिसको मैंने कभी पढ़ते नहीं देखा। लेकिन वो परीक्षाओं में जमकर लिखता था। ढेर सारी एक्स्ट्रा शीट लेता था और घंटी बजने के बाद भी दो-तीन मिनट तक लिखता रहता था जब तक शिक्षक आकर उसकी कॉपी छीन न लें। उसके परीक्षाओं में कई विषयों में ज्यादा नंबर भी ज्यादा नहीं आते थे। फिर समझ में नहीं आता था कि वो लिखता क्या था।

एक दिन मैंने उससे पूछ ही लिया कि इतना ज्यादा लिखने के पीछे उसका रहस्य क्या है। उसने एक कुटिल मुस्कान दी और बोला, "देखो, तुम लोग परीक्षाओं में काफी पढ़-लिखकर जाते हो। इसलिए तुमलोग ज्यादा नहीं लिख पाते। तुम सिर्फ वही लिखते हो जो तुम जानते हो। तुम जानबूझकर गलत चीजें नहीं लिख सकते।"

मैंने कहा, "हाँ, बात तो सही है।"

फिर उसने मेरे कंधे पर वैसे हाथ रखा जैसे एक विशेषज्ञ एक अनपढ़ के कंधे पर रखता है। और तरस खाने के अंदाज में बोला, "मेरे साथ वैसा लोचा नहीं है। मैं पढ़-लिखकर नहीं जाता, इसलिए जो चाहे लिख देता हूँ। मुझे इस बात की फिकर नहीं होती कि मैं गलत लिख रहा हूँ क्योंकि मुझे तो पता भी नहीं है कि सही क्या है और गलत क्या है।"

मैंने विनम्रता से पूछा, "लेकिन इसका फायदा क्या है?"

उसने मुझे पुचकारते हुए कहा, "कई टीचर ये नहीं देखते कि लड़के ने लिखा क्या है। वो बस इतना देखते हैं कि लड़के ने ढेर सारा लिखा है। अब ज्यादा लिखने वाला कुछ तो जानता ही होगा। वो ठीक-ठाक नंबर दे देते हैं। बिना पढे-लिखे मैं इतने नंबर ले आता हूँ, तो इसमें बुरा ही क्या है।"

मेरे जिज्ञासा बढ़ी, "और उन टीचरों का क्या जो तुम्हारी ऐन्सर शीट पढ़ते हैं?"

उसने अभिमान से भरी हंसी के साथ कहा, "ऐसे टीचर कम हैं, बेटा।"

उसकी रणनीति कितनी सही थी, इसका अहसास मुझे सालों बाद तब हुआ जब मैंने धुआंधार भाषण देने वाले नेताओं को सुना। मैंने देखा कि जो नेता जितना पढ़ा-लिखा होता था वो उतना ही कम बोलता था और सोच-समझकर बोलता था। उस के भाषणों में वो आग नहीं होती थी। लेकिन जो नेता जितना कम पढ़ा-लिखा होता था वो उतने ही लंबे और जोश से भरे भाषण देता था। उसे तथ्यों के सही-गलत होने की चिंता नहीं होती थी और वो कुछ भी बोल देता था। उसे पता था कि जनता का एक बड़ा हिस्सा एन्सर शीट को बिना पढे नंबर देने वाले टीचरों जैसा ही है।

ऐसे नेताओं को विज्ञान भले न पता हो पर वो मनोविज्ञान तो समझते हैं।

21 मार्च 2021

आसान नहीं मध्यम वर्गीय जीवन जीना.. क्यूंकि कुछ ना कुछ ऐसी समस्याएं हमारे पास हमेशा बनी ही रहती हैं जो शायद ही ख़त्म हो और इन्हीं समस्याओं का अन्त करते करते एक दिन हमारा अंत नजदीक आ जाता है। प्रायः हमारी चेष्ठा अधिक धन कमाने और उसके उपरांत सुकून मिलेगा; सामान्यतः मध्यम वर्गीय पुरुषों की ऐसी ही विचारधारा देखने को मिलती है, सुकून की मायने कुछ अलग हो सकते हैं जैसे किसी का अपनी प्रिय जीवनसाथी/प्रेमिका के साथ जीवन बिताना या अधिक से धनोपार्जन इत्यादि इत्यादि ! ख़ैर; इन्हीं सब उपक्रमों के मध्य हमारी जीवन किसी सरल वृतीय लोलक की भांति चहुं ओर चक्कर काटती रहती है.. और सुख एवम् दुःख के असमान अनुपात में हमारा जीवन

बसर हो रहा होता है।

मुझे लगता है कि मध्यम वर्गीय पुरुष दूसरों को ख़ुश करने या स्वयं को उनके सामने अच्छा दिखाने का व्यर्थ अभिनय ज्यादा करते हैं, जो उनके सपनों के मार्गों में कहीं ना कहीं अवश्य ही बाधा उत्पन्न करते हैं, किन्तु अजब बात ये होती है कि स्वयं उस पुरुष को भी इन सब कृत्यों का भान तक नहीं हो पाता लिहाज़ा वो मग्न रहते हुए सब सहते जाते हैं। वाहराल कुछ भी हो जीवन रोचक तो होती है, जैसे रोचकता का अंदाज़ा महज इसी बात से लगाया जा सकता है कि किसी पुरुष को देखकर कोई स्त्री/महिला द्वारा ली गई मुस्कान उस पुरुष के वर्तमान जीवन शैली पर इतना गहरा प्रभाव छोड़ती कि फ़िर वह उसी मादा के वारे में सोचना प्रारम्भ कर देता है और ना जाने क्या क्या भविष्य निर्धारित कर लेता है।

हमारा दृष्टिकोण इतना आशावादी होता है कि हम कम समय में ही किसी से भी, चाहें भले ही उनसे संबंध इतने प्रगाढ़ ना हुए हों उनसे भी तमाम उम्मीदें पाल लेते हैं जो एक ना एक दिन निश्चित ही टूट जाती है फ़िर उत्पन्न हुई पीड़ा हमें पूर्ण अव्यवस्थित कर जाती है.। अपने सपनों एवम् प्रेम पाने की जद्दोजहद में व्यक्ति किसी रचित चक्रव्यूह में उलझ जाता है क्योंकि एक तरफ अपने माता पिता की आकांक्षाएं होती हैं और दूसरी तरफ़ अपने कुछ सपने अथवा प्रेम। वैसे असंभव जैसा कुछ नहीं होता मगर कभी कभी मन अत्यंत दुःखी और हताश हो जाता है और स्वयं को एक हारे हुए इन्सान के रूप में देखने लगते हैं।

अब हम मध्यम वर्गीय परिवार से आते हैं सो हमारे पास इतना जमा पूंजी तो नहीं होता कि हम कोई व्यवसाय आदि में हाथ आजमा सकें, लिहाज़ा हमारी लक्ष्य सिर्फ़ और सिर्फ़ एक सरकारी नौकरी पर केन्द्रित हो जाती है, जो कि हमारे परिवार एवं समाज में सफलता की मानक के तौर पर सबसे प्रबल मानी जाती है.. और फिर सरकारी नौकरी पाने की लालशा में हमारा परिश्रम प्रारम्भ हो जाता है। ख़ैर मैं भी एक मध्यम वर्गीय परिवार से ही आता हूं और मेरी भी जीवन इन्हीं सब क्रमों में उलझी हुई है, किन्तु मेरी अभिलाषा थोड़ी सी इतर है कि भले ही मुझे अपनी मनचाही स्त्री मिले या ना मिले पर मैं अपने माता पिता के सपनों

को एक दिन ज़रूर सच करूंगा.!!

22 मार्च 2021

संध्या..

अतीत के अध्यायों पर नज़रे फेरता हूँ तो निराशा, नाकारात्मकता, आलसीपन एवम् बेफ़िज़ूली जैसे कई बुरी आदतें सामने दिखती है...बेशक अब जीवन ट्रैक पर आती दिख रही है.. सकारात्मक विचार मेरी जिंदगी की रूपरेखा को बदल रही है..मैं ठीक हो रहा हूँ।

23 मार्च 2021

जब आप सफलता के करीब होते है तब, लोग खुश होने की बजाय ईर्ष्या करते है।

29 मार्च 2021

"हैप्पी होली उन जवानों को भी जो रोज हमारी रक्षा के लिए बॉर्डर पर खून की होली खेलते हैं!"

सब ठीक?

4
अप्रैल

1 अप्रैल

मैं बहुत सुबह उठना चाहता हूँ परंतु आधी रात को जगना हमें बिल्कुल पसन्द नही। मैं कई दिनों से आधी रात को ही जग के अपने बिस्तर पे बैठ जाता हूँ। इस वक़्त कुछ कुत्तें मेरे घर के बाहर भागते-दौड़ते यहां-वहां दिखाई देते हैं। चाँद एकटके मेरे खिड़की से मेरे व्याकुलता को देख रहा था।

मेरे अंदर की सारी स्थिरता बिखर रही है। मैंने अपने शहर को इतना शांत कभी नही देखा था। मेरे शहर की रातें बिल्कुल बदल गयी है। कई दिनों से आधी रात जगने के बाद महसूस होता है कि मेरे कोई अपने है जो मेरे कमरे में बैठें है और हमे समझाना चाह रहे हो कि "परेशान न हो राष सब ठीक हो जायेगा"।

2 अप्रैल

मुझे एक गहरी नींद की जरूरत है। एक ऐसी नींद जिसमे प्रतीत हो कि मैं मृत अवस्था मे हूँ। मैं अपने माँ के गोद में सोना चाहता हूं और माँ को बताना चाहता हूँ कि मैं अभी बड़ा नही हुआ हूँ, मैं आज भी उनका वही लाडला हूँ जिसे वो कान पकड़, कविताएं सुना तुरन्त एक गहरी नींद में सुला देती थीं।

3 अप्रैल

मैं जितना भी चीज़ो से दूर रहना चाहता हूँ, खुद को हर बार उसके बीच मे पाता हूँ। मुझे ज्यादा मोबाइल चलाना बिल्कुल पसंद नही, ज्यादा मोबाइल चलाने से मेरा सिर दुखने लगता है फिर भी मैं पूरे दिन मोबाइल में उलझा रहता हूँ । मुझे महसूस होने लगा है कि मेरा अब खुद पे ही नियंत्रण नही है।

4 अप्रैल

ये वक़्त भी कोई वक़्त है भला। बिस्तर पर आंखे बंद कर पूरे दिन लेटा रहता हूँ। सुबह उठने के बाद कुछ वक्त सोचना होता है कि आज का दिन कैसे गुज़ारूँगा। कैसे झेलूंगा मैं इस अनजान लॉकडौन को। शरीर एक मसीन सा बन्द पड़ने लगा है। मुझे महसूस हो रहा है मैं फस्ट्रेशन का शिकार हो रहा हूँ।

5 अप्रैल

मैं निशाचर नही हूँ। एक वो वक्त था जब हम सपनों में तैरा करते थें। आजकल मेरी नींदों की मृत्यु हो गयी है। मैं चाह के भी नही सो पाता हूँ। बिस्तर पे लेट आँखों को मूंद अतीत को याद करने को नींद नही कहते। मैं नींद की दबाईयां भी लेता हूँ नींद को आमंत्रित करने को लेकिन दवाईयां बेअसर है।

6 अप्रैल

हम मिडिल क्लास के लोगों के घर मे भले ही ज्यादा हाई-फाई बेबस्ता न हो.. जैसे हीरो-हीरोइन, नेताओं, बड़े डॉक्टरों और जजों के बेटों के घर में होता है लेकिन हमारे आंखों में पल रहे सपने बहुत बड़े होंते हैं। जिंदगी में हम सब पैसा कमाने से ज्यादा रिश्ते कमाने पे भरोसा रखते हैं।

7 अप्रैल

मुझे हमेशा से बहुत सुबह उठना बेहद पसंद है लेकिन कई दिनों से मेरी नींद बीच रातों में ही टूट जाती है। कुछ तो है मेरे जहन में जो हमे सोने नही देता है। अब तो मुझे कोई सपना भी नही आता। एक वक्त था जब मैं नींद को महबूबा मानता था और अब मैं इस अंधेरे में बैठ भोर होने का इंतजार करता हूँ।

10 अप्रैल

सुबह..

मौसम सुहावना है और जाने का बिल्कुल भी मन नहीं है।यह वक्त है त्याग का, बलिदान का और सपनों को पंख देने का।

मसलें क़ई हैं खुद के साथ परन्तु एक बात जनता हूँ, जब तक मैं खुद के साथ हूँ.. मुझे कुछ नहीं हो सकता..पुनः वहीं मिलूँगा, जहां हम पहली बार मिले थे।

राम – राम

11 अप्रैल

बचपन से सुनते आया हूँ कि -"ज़िन्दगी एक सफर है"। मुझे खुद के साथ सफर करने की तमन्ना है। मेरी हमेशा से इच्छा रही है कि मैं अपने दादाजी की साईकिल ऐटलस, जो शायद मेरे होश से ही मेरे घर पे पड़ी है उसी से अपने सफर की शुरुआत करूँ। मैं जिस दिन खुद से मिलूँगा तभी अपने सफर पर निकलूंगा।

12 अप्रैल

मैं अपने जीवन मे ये मसहूस किया है कि अगर आप नौकरी करते है पैसा कमाते है तो आपके करीबी आपसे से बेहद ईर्ष्या करेंगे परन्तु अगर आप किसी कारणबस बेरोजगार हो गए तो वही लोग आपको दिलासा देने संतावना देने आएंगे वैसे तो उनका पूर्ण मकसद दिलासा देना नही होता, वो आते है आपका मज़ा लेने इसीलिए जब आप नौकरी करते है तो हो सकता है कि आपसे सबसे ज्यादा प्यार करने वाला इंसान, सबसे ज्यादा ईर्ष्या करना शुरू कर दे। क्योंकि लोगो को अपने करीबी की तरक्की से ही सबसे ज्यादा जलन होती है ।

13 अप्रैल

गंवार मत समझना दोस्तों,

देशी हैं इसलिए हिंदी में लिखते है!!

14 अप्रैल

मैं किसी का राजा बेटा, किसी के अनगिनत सपनों को पूरा करने का सहारा, और किसी के लिए ग़ुरूर परवर अना का मालिक, किसी के लिए अच्छा तो किसी के लिए बुरा।

लेकिन मैं कौन.......?

शायद! एक घायल बच्चा जो किसी नहीं कहता खुद को गोद में उठाने को, शायद! एक थका हारा भटका सा मुसाफ़िर जो किसी से नहीं पूछता मंज़िल का पता, शायद! एक टुकड़ा रंजीदा दिल जो नहीं चाहता जुड़ना, और शायद! चेहरे पर एक झूठी मुस्कुराहट लिए एक बहरूपिया.....?

19 अप्रैल

मेरे पिताजी सही कहते हैं - "ये दुनिया दिखावे की दुकान है, यहां हर कोई एक दूसरे से बेहतर दिखने की जी तोड़ कोशिश कर रहें हैं"। जैसे आज शाम बगीचे में जब मैं टहलने गया तब एक लड़की किसी से फोन पे बात कर रही थी और उसने जैसे ही हमे देखा हिंदी से अंग्रेजी में बात करने लगी।

20 अप्रैल

केवल तारीख बदल रहे, वक्त थम सा गया है ।

22 अप्रैल

कभी तुम्हें दुनिया रंगहीन लगे तो हमे कॉल करना।।तुम कभी उद्विग्न रहो, चिंताकुल रहो तो हमें कॉल करना।। मैं कोशिश करूंगा तेरे सारे दुःखों को अपने मे समेट लूँ लेकिन अगर न समेट पाऊँ तो मैं भी तेरे संग रोऊंगा।। कभी लगे इस दुर्जन दुनिया में तेरा कोई अपना या निजी नही तो हमे कॉल करना।

24 अप्रैल

संसार में कुछ लोग ही ऐसे है जो अपने दिमाग और दिल दोनों को बैलेंस करके चलते है।जो व्यक्ति दोनों को बैलेंस करके चलता है वे अपने सक्सेस के रास्ते को आसान और आनंद दायक बनाते है लेकिन अगर मैं अपनी बात करूँ तो मैं अभी भी इस विधि में सफलता हासिल नही कर पाया हूं।

25 अप्रैल

अगर आपका जीविका का कोई साधन नही है और आपके पास उद्यम का ज्ञान भी नहीं है और आप किसी तरह का रिस्क नहीं लेना चाहते और आप सिर्फ़ जीवन चलना चाहते हैं तो आपके लिए सरकारी नौकरी एक बेहतर विकल्प है।

26 अप्रैल

वैसे तो मेरे माता-पिता किसान है एवं ज्यादा पढ़े लिखें भी नही है परन्तु उनका एक सपना था कि उनका राजा बेटा खूब पढ़े लिखे और श्री राम के अनुकम्पा से वैसा ही हुआ, अपन खूब पढ़े लिए होशियार बने परन्तु एक दिल की बात कहूँ आज भी मैं खुद को उस काबिल नही समझता कि अपना माता-पिता को किसी विषय मे कोई राय दे सकूँ।

27 अप्रैल

मैं सहज और आम इंसान हूँ। मुझे क्रिकेट काफी पसंद है लेकिन मुझे क्रिकेट खेलना नही आता। मुझे संगीत से काफी लगाओ है लेकिन मुझे गाना गाने नही आता। मुझे क्लासिकल नृत्य बहुत पसंद है लेकिन मुझे उसका 'क' भी नही पता। मैं प्रेम पत्र काफी उम्दा लिखता हूँ लेकिन मेरी एक भी प्रेमिका नही।

28 अप्रैल 2021

कभी-कभी मैं अपने सपनों के बारे में सोचता हूँ। सपनों में किसी ख़ास चेहरों को देख आज भी अतीत के कई गोते लगा लेता हूं। उन चेहरों में एक चेहरा मेरे महबूब की भी आती है जिसे देख एक टीस उठती है और दिल से एक आवाज़ उठती है कि तुम अगर कहो तो मैं तुम्हे एक बार और मोहब्बत करने की कोशिश करूं

29 अप्रैल 2021

ऐसा लग रहा है कि जैसे सारा कुछ बस बिताता जा रहा है बिना जिये। सिर्फ दिन बदल रहे है, हालात वैसा का वैसा हीं है।

30 अप्रैल 2021

मैं रोज सुबह उठता हूँ और महसूस करता हूँ कि मैं कहीं सपने में तो नही हूँ क्योंकि जगने के बाद मैं देखता हूँ कि पूरी मनुष्य जाति लॉकडौन में है और यह सच मे हमारे साथ घट रहा है फिर मैं देखता हूँ अपने भविष्य को अपने आंखों के सामने दम तोड़ते। वैसे शुरुआती में तो मज़ा आ रहा था पर अब नही।

बहुत खास हो तुम.... जिक्र हर बार जरूरी नहीं।

5
मई

01 मई 2021

शनिवार

अप्रैल बड़ी आसानी से बीत गया परन्तु जो दर्द दे गया वो आजीवन साथ रहेगा... खैर! यह नए महीने का आगाज है। हम सकारात्मक सोच एवंम जोश भरी उम्मीदों के साथ आगे बढ़ेंगे.. पिछले महीने के ऐवज में उम्मीद है यह महीना बेहतरीन जाएगा... और यह मेरी जन्मदिवस वाली मास भी है।

02 मई 2021

अप्रैल महीने से काफ़ी उम्मीदें थी.. परन्तु यह महीना गम, दुःख और न जाने कितनी पीड़ा दे गया । आखिर यह महीना भी तबाही मचाते हुए निकल ही गया। मुझे भी कोरोना का लक्षण से वाकिफ़ होना ही था... खैर! भरपाई में वक्त लगेगा।

03 मई 2021

प्रातः

आजकल सुबह की किरणें फूटने के पहले ही मैं पास के खेत में एक चक्कर लगा आता हूँ.... पक्षियों की चहचहाहट और सूर्योदय के बीच सुबह का गुजरना बेहद रोमांच भरा होता है...इस बीच हम स्वयं को प्रकृति के बेहद करीब पाते हैं ... मन स्वच्छ हो तब पूरा दिन रंगीन गुजरता है।

04 मई 2021

रात

अभी रात्रि 12 बजे के बाद मैं अपने जीवन के ईकिस वरस पूरे कर लूंगा। और वर्ष 2021 में मैं अपने जीवन के 22 वे वर्ष में कदम रखूंगा। जीवन के दो दशक कैसे बीत गए आभास ही नहीं हुआ, अब जिम्मेदारियां स्मभालिनी होंगी और अपने माता पिता की आकनक्षाओं को पूर्ण करने की पुरजोर कोशिश रहेगा।

05 अप्रैल 2021

05:00

आज मेरा जन्मदिन है... मैं पिछले साल की अपेक्षा इस साल काफ़ी खुश हूं... हर पल अवसादों और अकेलेपन से झूझने के कारण मेरे जीवन मे मेरे जन्मदिन का कोई विशेष महत्व नहीं रह जाता.. मैं जिस भी वर्ष में जिऊँ... मैं खुद को वहीं पाता हूँ..!!

06 मई 2021

सुबह

कुछ दिनों से कोरोना ने अपने प्रभाव से शरीर को कमजोर कर रखा था...परन्तु अच्छे खान पान और सकारात्मक विचार के वजह से अब शक्ति वापस आ रही है...

07 मई 2021

उजालों में जीने के लिए,

अँधेरों से लड़ना पड़ता है।।

08 मई 2021

रात्रि...

...आज पढ़ने की बिल्कुल भी इच्छा नहीं कर रहा... कुछ दिनों तक बीमार रहने के बाद पढ़ाई में रही कनसिसटेन्सी लगभग विलुप्त हो चुकी है । मैं पुनः सब कुछ समेटने की कोशिश कर रहा हूँ। जब मस्तिष्क में जीवन का लक्ष्य फिक्स होता है, तो मोटिवेशन स्वयं ही आ जाता है।

09 मई 2021

हमारे जैसे लड़के जो गांव-देहात में पले-बढ़े होते हैं वो अपने माँ-पिता को अपना प्यार दिखा नहीं पाते है, उनके सामने हो नही पाता, आज के

बच्चे "लव यू मॉम, ummah" ये सब आसानी से बोल लेते हैं, पर हम सभी से ये सब नही हो पाता। इसे शर्म-झिझक कह लें या फिर हमे वैसा माहौल ही न मिला; ये कह लें।

माँ ने भी कभी हमसे कभी बाबू शोना करके बात न की, इसके विपरीत बहुत मार खाई है, बहुत मारा है हमे. ऐसा कुछ नहीं था घर में जो उठाने लायक हो और उसने मुझपर फेंककर ना मारा हो। चप्पल, झाड़ू, करछुल, छोलनी, किचन का हर समान फेंक कर मारा है मुझे बस चाकू को छोड़कर। ऐसा नही है सिर्फ मैं ही मार खाया हूँ, मोस्टली बच्चे हमारे आस-पड़ोस के सबकी हालत यही थी। पर आज लिख रहा हूँ, दुनिया को समझ रहा हूँ, दो रुपये कमा रहा हूँ, सब उसी का परिणाम है। कभी पढा नही तो मारा, याद नही किया टास्क तो मारा, रट कर टास्क याद किया तो और मारा, किसी को गलती से भी गाली दे दी तो दोगुना मारा, वीकली टेस्ट में 80% से कम लाया तो तिगुना मारा पर कभी मुझे हारने ना दिया, टॉप 3 से नीचे वर्ग में कभी आने ना दिया मुझे। चाहे कृष्ण का उपदेश हो या श्री राम की कथा, सब समझाया मुझे। घर मे ही सब पढ़ाया, सबकुछ सीखाया।

बच्चे के कम नम्बर आ जाए तो आजकल मां कुछ बोलती नही उल्टा यह कहती है कि कोई बात नही अगली बार और मेहनत करना। सब ठीक है। बस इस डर से की कहीं बच्चे डिप्रेशन में ना चला जाए। पर हमलोग का अलग सीन था। नम्बर कम आया तो दे झाड़ू दे झाड़ू। और डिप्रेशन तो मम्मी की झाड़ू देखकर दो कोस दूर से ही भाग जाया करता था।

बहुत बार गलती की है मैंने, हर्ट भी किया हूँ मम्मी को। किसी का गुस्सा किसी पर, आज तक कभी माफी नही मांगा, जानता हूँ आवश्यकता नही, वो पहले ही माफ कर देती है हमेशा।

लोग कहते हैं सिर्फ लड़कियां ही विदा होती है, ऐसी बात नही है लड़के भी विदा होते हैं। मैं भी विदा हुआ था, लड़कियों को कम से कम एक परिवार तो मिलता है, हम लड़कों को अकेले ही दर-ब-दर भटकना पड़ता हैं और पूरा जीवन भटकना पड़ता है। अनेक लड़के जो 15-16 की आयु में घर से निकल जाते हैं पढाई करने फिर पढाई पूरी करके किसी कम्पनी में कार्यरत हो जाते हैं फिर वो दुनिया के रेस में खुद को धकेल देते हैं और

वो चाहकर भी फिर माँ के साथ पूरे साल में 10 दिन भी नही बीता पाते ढंग से। जब 15 वर्ष की आयु में वो लड़के घर छोड़ते हैं तब उन लड़को को ये कहां मालूम होता है कि अब साल भर में बस 2-4 बार ही माँ से छोटी-छोटी मुलाकातें हो पाएंगी।

लड़कियों की विदाई के बाद जब मन वो मायके आकर 2-4 महीने रह लेती है। पर हम लड़के ना 2-4 महीने गुजार सकते हैं और ना ही हम लड़के विदाई पे रो सकते हैं, वो क्या है न हमारी विदाई ऑफिसियल नही है न!

जब एक बेटा अपनी माँ से कोसों दूर होता है और इस तेज़ रफ्तार वाली दुनिया के रेस में अपनी ज़िन्दगी को झोंक चुका होता है तब उसे अपना बचपन याद आता है और वो सोचता है कि क्या कभी वो दिन लौटेंगे जब हम और हमारी माँ साथ होंगे, आलू के पराठें उनके हाथ से, कुछ प्यार भरी बातें, 4 पराठें अपनी भूख के और एक जबरदस्ती उनके ज़िद के।

10 मई 2021

प्रातःकाल

मेरी हर सुबह एक नई चुनौती, पीड़ा एवम उम्मीदों के संग शुरू होती है...सुबह में टहलना और ध्यान क्रिया के बाद...अब सुबह में नहाने की भी कोशिश कर रहा हूँ.. श्रीमद्भागवत गीता पढ़ने के उपरांत मन से उतपन्न होने वाली प्रत्येक नकारात्मक विचार नष्ट हो जाता है...

12 मई 2021

दोपहर...

कार्यों में ध्यान नहीं लगा पा रहा हूँ... कुर्सी पर बैठ कर और टेबल से सर टिका कर सोया हूँ... अतीत की घटनाएं एवमं भविष्य की चिंता मस्तिष्क को घर कर रही है... दिल और दिमाग मे अजीब द्वंद चल रहा है। अंदर एक कमेन्ट्री चलती है जो शायद मुझे कमजोर करता है।

15 मई

सुबह-सुबह उगते सूर्य को देखना और कुछ देर साधना में लीन रहना जीवन मे काफ़ी परिवर्तन लाता है... इसका ही अनुभव करने के लिए मैं सुबह थोड़ी जल्दी जागने लगा हूँ... मुझे अभी सूर्य का उगने का बेसब्री से

इंतेज़ार है।

19 मई 2021

आज सुबह मेरे नींद खुलने के पहले से ही यहाँ बारिश हो रही है। खिड़की से झांका तो देखा कि पानी के मोतियों के झुंड हरे-हरे पेड़ के पत्तों से ऐसे लिपट रहें थे जैसे मैं बचपन मे जब भी उदास होता था तो अपने माँ से लिपट जाता था वैसे मैं अपने सारे अतीत को बारिश के वक़्त ही खुदेरता हूँ।

19 मई 2021

संध्या

आज मौसम में नमी है। दिन भर मूसलाधार बारिश होने के बाद... शाम दिखने में बिल्कुल फ्रेश लगता है। हरी घास पर बैठकर ठंढी हवाओ के बीच अपनी प्रेमिका की बहती यादों को महसूस करना... बेहद रोमांच भरा होता है। आज स्वास्थ्य ठीक है और सबकुछ सकारात्मक लग रहा है ।

20 मई 2021

भोर का समय

खुद को खुद से जोड़ने के लिए सुबह उठकर शारीरिक व्यायाम और ध्यान क्रिया करने लगा हूँ। मुझे पता है यह मेरे लिए एक बोझ भरा कार्य है परन्तु मैं खुद के नकारात्मक सोच से लड़ूँगा और एक न एक दिन जीतूँगा जरूर ।

यहां अपनी कहानी लिखना शुरू करें...

राष पबड़ी

Raash Pabri is an Entrepreneur, Author, Social Media and Digital Marketing Expert who belongs to rajasthan, india. He lives in jaipur. At the age of 20, Raash Pabri was started career in digital marketing. He is Founder and CEO of a company. Along with this, He has set an example for youth by achieving success at a very young age.

Twitter
https://twitter.com/RaashPabri
Instagram
https://instagram.com/RaashPabri
Facebook
https://facebook.com/RaashPabri
YouTube
https://youtube.com/RaashPabri
Telegram
https://t.me/RaashPabri
Snapchat
https://snapchat.com/add/RaashPabri
Linkedin
https://linkedin.com/in/RaashPabri
Website
https://RaashPabri.com

www.ingramcontent.com/pod-product-compliance
Lightning Source LLC
LaVergne TN
LVHW041548060526
838200LV00037B/1199
* 9 7 8 1 6 3 9 4 0 1 2 5 3 *